삶을 눈부시게 할 필사의 시간

고전의 속삭임

김유안 엮음

북포레스트

고전의 속삭임 속에서, 나만의 빛을 찾아보세요

이 세상의 모든 책이 그대에게 행복을 가져다주지는 않아.
하지만 책들은 은밀히 그대 자신으로 되돌아가도록 가르쳐주지.
_헤르만 헤세, 《책들, 시집》

책에는 우리가 잊고 지낸 '나'를 되찾는 길이 담겨 있습니다. 헤르만 헤세의 이 문장은 독서가 단순히 즐거움을 주는 행위를 넘어, 스스로를 발견하고 삶을 깊이 들여다보는 여정임을 깨닫게 합니다. 그리고 필사는 이 여정을 더욱 선명하게 만드는 과정이지요.

창가에 햇살이 내려앉는 순간, 따뜻한 빛이 온몸을 감싸듯 한 문장이 마음을 스칠 때가 있습니다. 바쁜 하루 속에서도 문득 걸음을 멈추게 하는 문장, 가슴 한편에 조용한 떨림을 남기며 잊고 있던 감각을 일깨우는 문장. 필사는 그러한 순간을 붙잡아 내 삶에 온기를 스며들게 합니다. 손끝으로 한 글자씩 옮겨 적다 보면, 그 문장은 더 이상 단순한 활자가 아니라 나만의 속삭임이 됩니다. 그렇게 필사된 문장은 마치 오랜 친구처럼 내 마음 깊은 곳에서 조용히 말을 걸지요.

헤르만 헤세, 제인 오스틴, 헤밍웨이, 다자이 오사무, 생텍쥐페리, 톨스토이 등 그들이 남긴 수많은 문장은 오랜 시간을 지나 지금 이 순간에도 변함없이 우리에게 속삭입니다. 어떤 문장은 삶을 비추는 등불이 되고, 어떤 문장은 지친 마음을 어루만지며 다시 나아갈 힘을 건넵니다.

책을 펼쳐 눈길이 가는 한 문장, 마치 나를 위해 존재하는 듯 다가오는 한 문장이 있다면 잠시 멈춰보세요. 그리고 손끝으로 옮겨 적어보세요. 문장을 천천히 들일 때, 오롯이 나의 것이 됩니다. 필사는 단순한 기록이 아니라, 흩어진 생각을 정리하고 흔들리는 마음을 다잡는 과정이니까요. 그렇게 필사된 문장은 조용한 대화가 되어 우리를 다독이고, 삶을 더욱 깊고 아름답게 만들어줍니다.

고전의 속삭임 속에서, 문장과 함께 숨 쉬며 나만의 빛을 찾아가는 시간을 가져보세요. 이 책은 그 순간의 소중함을 아는 당신 곁에 조용히 머무르고자 합니다. 당신 안에서 반짝이는 문장들이 더욱 깊어지길 바랍니다.

당신의 삶은 눈부시잖아요.

김유안

차례

말을 적게 하면 안전하긴 하겠지만 매력은 없죠.

말 없는 사람을 사랑하긴 힘들거든요.

_제인 오스틴,《엠마》

아, 이렇게 좋은 날이 또 있을까?

이런 날에 살아 있다는 사실만으로도 참 행복하지 않니?

오늘의 행복을 누리지 못하는 아직 태어나지 못한 사람들은

조금 안타깝지만 말이야.

물론 그 사람들에게도 좋은 날이 찾아오겠지만,

오늘이라는 이날은 두 번 다시 오지 않을 테잖아.

_루시 모드 몽고메리,《빨간 머리 앤》

이 세상의 모든 책이

그대에게 행복을 가져다주지는 않아.

하지만 책들은 은밀히

그대 자신으로 되돌아가도록 가르쳐주지.

_헤르만 헤세, 《책들, 시집》

"무엇이 행복인지는 알 수 없어요.
아무리 고통스러운 일이라도,
그것이 올바른 길이라면
오르막길이나 내리막길도 전부
진정한 행복에 다가서는 한 걸음 한 걸음이니까요."

_미야자와 겐지,《은하철도의 밤》

매년 돌아오는 새해는 우리에게 깜짝선물을 안겨준다.
우린 저마다 다른 새들의 노랫소리를
사실상 잊고 있었음을 깨닫는다.
그리고 또다시 그 소리를 듣게 되면,
마치 꿈처럼 그것을 기억해내면서
이전에 우리가 어떻게 살았었는지를 떠올린다.
어째서 새의 노랫소리가 일깨우는 것들은
언제나 즐겁고 슬픔과는 거리가 먼 것일까?
우리가 가장 건강했던 시절을 떠올리게 하기 때문일까?
자연의 목소리는 언제나 기운을 북돋아준다.

_헨리 데이비드 소로,《1858. 3. 18, 일기》

나는 미래의 모욕을 받지 않기 위해

지금의 존경을 물리치고 싶은 거지.

난 지금보다 한층 외로울 미래의 나를 견디는 대신에

외로운 지금의 나를 견디고 싶은 거야.

자유와 독립과 자기 자신으로 충만한 현대에 태어난 우리는

그 대가로 모두 이 외로움을 맛봐야 하는 거겠지.

_나쓰메 소세키, 《마음》

그렇지만 나를 살린 건 한 걸음을 내딛는 것이었어.

그리고 다시 한 걸음을,

언제나 그 똑같은 한 걸음을

다시 시작하는 것 말이야.

_ 앙투안 드 생텍쥐페리,《인간의 대지》

악착같이 모은 돈이나 재산은
그 누구의 마음에도 남지 않지만,
남몰래 하는 적선, 진실한 충고,
따뜻한 격려의 말은 언제까지나 남는단다.

_미우라 아야코,《빙점》

네가 만약 오후 4시에 온다고 하면

나는 3시부터 행복해지기 시작할 거야.

시간이 가면 갈수록 점점 더 행복해지다가

4시가 되면 나는 들떠서 가만히 있지 못할 거야.

행복이 얼마나 소중한지 알게 되는 거지.

_앙투안 드 생텍쥐페리,《어린 왕자》

나는 지금까지 이토록 행복했던 적이 없네.

돌멩이 하나, 풀잎 하나까지도 이렇게

자연에 대한 감수성이 풍부해진 적은 없었어.

어떻게 표현해야 할지 모르겠네.

내 표현력이 부족해서

모든 것이 그저 내 영혼 앞에서

스쳐 지나가는 듯 어른거리기만 하고,

그 윤곽조차 제대로 그려낼 수가 없어.

하지만 점토나 밀랍이 있다면

뭔가 만들어낼 자신은 있네.

다만, 지금 같은 상태가 계속된다면

점토를 주물럭거리다 결국 케이크나 만들고 말지도 모르겠어!

_헤르만 헤세,《젊은 베르테르의 슬픔》

개츠비는 그 푸른 불빛을 믿었다.

해마다 우리들 앞에서 뒷걸음질 치며

멀어지는 황홀한 미래를 믿고 있었던 것이다.

그것은 그때 우리를 피해 갔지만, 무슨 상관인가.

내일 우리는 더 빨리 달리고,

우리의 팔을 더 멀리 뻗칠 것이다.

그러다 보면 맑게 갠 아침이 찾아올 것이다.

그래서 우리는 계속 앞으로 나아가는 것이다.

흐름을 거슬러 가는 조각배처럼,

끊임없이 과거로 떠밀려 가면서도.

_프랜시스 스콧 피츠제럴드, 《위대한 개츠비》

"우리는 지금까지 살아오는 동안

누가 더 보태주고 더 받았는지

계산할 수 없을 만큼

서로 간에 신세를 많이 지고 있소."

_어니스트 헤밍웨이,《선택적 친화력》

산길을 올라가면서 이렇게 생각했다.

이지에 치우치면 모가 난다.

감정에 말려들면 낙오하게 마련이다.

고집을 부리면 외로워진다.

아무튼 인간 세상은 살기 어렵다.

살기가 지나치게 어려워지면,

살기 편한 곳으로 옮기고 싶어진다.

어디로 이사를 해도 살기가 쉽지 않다고 깨달았을 때,

시가 태어나고, 그림이 생겨난다.

_나쓰메 소세키,《풀베개》

사람들은 사랑 이야기를 했다.

이 오래된 주제를,

예전에 자주 이야기했던 것을 말하고 또 말했다.

석양이 가져다주는 부드러운 우울 때문에

사람들의 말이 느려졌고,

마음속에는 애틋함이 감돌았고,

'사랑'이라는 말이 끊임없이 나왔다.

때로는 힘찬 남자의 음성으로,

때로는 음색이 가벼운 여자 목소리로 나왔다.

그래서 사랑이라는 말이 작은 응접실을 가득 채워

새처럼 날아다니며 정령처럼 떠도는 것 같았다.

_기 드 모파상,《행복》

분주하게 하루를 보내는 것,

그것은 우리의 삶에서 가장 중요한 것으로 여겨지고 있지만

오히려 그것은 의심의 여지 없이

우리의 기쁨을 방해하는 가장 위험한 적이다.

_헤르만 헤세,《삶을 견디는 기쁨》

책을 안 읽으면 생각을 하게 되잖아.

생각이 실로 제일 골치 아프고 시간 잡아먹는 일인데?

우리는 생각을 너무 많이 하는 것 같아.

독서는 특정한 방향으로, 그 책의 방향으로 생각하게 만들지.

나의 방향으로 생각을 하고 싶지 않아서 책을 읽는 거야.

_에릭 로메르,《여섯 개의 도덕 이야기》

과연 많은 사람들이 삶을 사랑하는 체하면서도
정작 사랑 그 자체를 회피한다.
사람들은 시험 삼아 즐기고 '경험을 쌓는다'고 하지만,
그것은 결국 정신의 관점에 불과하다.
진정으로 쾌락을 즐기는 사람이 되려면
보기 드문 자질을 타고나야 한다.
한 인간의 삶은 정신의 도움 없이도
후퇴와 전진을 거듭하며,
고독과 존재감을 동시에 경험하며 이루어진다.

_ 알베르 카뮈, 《결혼, 여름》

단지 내게 운이 따르지 않을 뿐이야.

하지만 누가 알겠어.

오늘 운이 닥쳐올는지,

하루하루가 새로운 날이 아닌가.

물론 운이 따른다면 더 좋겠지,

하지만 나로서는 그보다 오히려 빈틈없이 해내고 싶어.

그래야 운이 찾아올 때 그걸 받아들일

만반의 준비를 갖추고 있게 되거든.

_어니스트 헤밍웨이,《노인과 바다》

지금 저에게는 행복도 불행도 없습니다.

모든 것은 지나간다.

지금까지 제가 아비규환으로 살아온 소위 '인간' 세계에서

단 한 가지 진리처럼 느껴지는 것은 이것뿐입니다.

모든 것은 그저 지나갈 뿐입니다.

_다자이 오사무, 《인간 실격》

난 이런 의문이 듭니다.

사람들이 추구하는 것들이

한갓 환영에 불과한 것은 아닐까 하는 의문이요.

하지만 그들의 삶은 그 자체로 아름답습니다.

우리가 살고 있는 이 세상을 역겨움 없이

바라볼 수 있게 만드는 유일한 것은,

인간이 이따금 혼돈 속에서 창조해낸

아름다움이라는 생각이 들어요.

그들이 그린 그림, 지은 음악, 쓴 책, 그리고 엮어낸 삶.

이 모든 아름다움 중 가장 다채롭고 빛나는 것은

아름다운 삶 자체입니다.

그것은 완벽한 예술 작품입니다.

_서머싯 몸,《인생의 베일》

"마음을 좀 더 편하게 먹어.
이것저것 지나치게 고민하지 마.
양심을 너무 혹사하면 안 돼.
그러면 마치 손끝으로 친 피아노처럼 엉망이 돼버릴 거야.
더 소중한 기회를 위해 양심을 아껴야 해.
성격을 다듬으려고 지나치게 애쓰지 마.
그건 마치 팽팽하고 부드러운 어린 장미꽃 봉오리를
억지로 잡아당겨 피우려는 것과 같아.
네가 좋은 대로 살다 보면 성격은 자연스럽게 형성되는 거야.
대부분의 일들은 네 편이 될 거고, 예외는 거의 없을 거야."

_헨리 제임스,《여인의 초상》

대체 어디를 걷고 있는가.

그건 다른 사람의 길이 아닌가.

그러니까 어쩐지 걷기 힘들겠지.

너는 너의 길을 걸어라.

그러면 멀리까지 갈 수 있다.

_헤르만 헤세,《데미안》

너의 행복을 가장 잘 판단하는 사람은 너 자신인 거야.

_제인 오스틴,《엠마》

나는 아가씨가 잠자는 모습을 지켜보고 있었지요.

내 존재 저 깊은 곳에서는 약간의 흔들림이 있었지만

이제껏 내게 선한 생각만을 주었던

이 밝은 밤의 신성한 보호를 받고 있었어요.

우리 주변으로는 별들이 마치 수많은 양 떼들처럼

유순하게 소리 없는 움직임을 계속하고 있었어요.

그리고 나는 저 별들 중에서

가장 가냘프고 가장 밝게 빛나는 별이

길을 잃고 내려와 내 어깨에 기대어

잠들어 있는 것이라고 몇 번이나 생각하곤 했답니다.

_ 알퐁스 도데, 《별》

구름 속을 아무리 들여다보아도 거기에는 인생이 없습니다.
대지 위에 반듯하게 서서 주변을 살펴보세요.
우리는 자신이 인정한 것만 붙잡을 수 있습니다.
맞아요, 그렇게 앞으로 나아가는 동안에는
고통도 있고 행복도 있습니다.
어떤 경우에도 인생에서 완전한 만족이란 없는 것이죠.
자신이 인정한 그것을 오늘도 힘차게 찾아 헤매는
하루하루가 바로 인생입니다.

_요한 볼프강 폰 괴테,《인생》

서두를 필요가 없습니다.

재치를 번뜩일 필요도 없지요.

자기 자신이 아닌 다른 사람이

되려고 할 필요도 없고요.

_버지니아 울프,《자기만의 방》

사물의 이름이란 그게 어울리는 이름이라면

굳이 묻지 않더라도 절로 알게 되는 법이다.

나는 내 피부로 들었다.

멍하니 물상을 응시하고 있노라면,

그 물상의 언어가 내 피부를 간지럽힌다.

예를 들면, 엉겅퀴, 나쁜 이름은 아무런 반응도 없다.

여러 번 들어도, 도무지 이해하기 힘들었던 이름도 있다.

예를 들면, 사람.

_다자이 오사무, 《만년》

나의 마음은 나 혼자만의 것이다.

_헤르만 헤세,《젊은 베르테르의 슬픔》

그렇네, 네가 자연의 아름다움에

푹 빠져 있는 걸 보니 참 좋구나.

패니, 정말 아름다운 밤이야.

너처럼 이런 아름다움을 조금이라도 느끼는 법을

배우지 못한 사람들은 참 안됐다는 생각이 들어.

적어도 어린 시절에 자연을 감상하는 법을

배우지 못한 사람들 말이야.

그런 사람들은 삶에서 많은 것을 놓치고 사는 셈이지.

_제인 오스틴,《맨스필드 파크》

나이가 들수록,
그리고 삶에서 느끼는 작은 만족이 점점 빛을 잃어갈수록,
기쁨과 삶의 원천을 찾아야겠다는 생각이 더욱 분명해졌다.
나는 사랑받는 것이 아무런 의미가 없으며,
오히려 사랑하는 것이 더 중요하다는 것을 깨달았다.
내 생각에, 우리의 존재를 소중하고
즐겁게 만드는 것은 다름 아닌 우리의 느낌이다.
내가 이 땅에서, 우리가 살아가는 이 세상에서
'행복'이라 부를 수 있는 무언가를 본 적이 있다면,
그 행복은 오롯이 느낌으로 이루어져 있었다.

_헤르만 헤세,《게으름의 기술》

넌 내가 두려워하는 것들까지 고백하게 만들었지.

하지만 이번에는 내가 두려워하지 않는 것들도 고백할게.

나는 외톨이가 되는 것도,

남들 때문에 쫓겨나는 것도,

네가 버리고 떠나야 할 것이 있을 때,

그것이 무엇이든 기꺼이 버리고 떠나는 것도 두렵지 않아.

그리고 과오를 저지르는 것,

그것이 아무리 엄청난 과오라 해도,

평생을 걸쳐 반복될 과오일지라도,

심지어 영원히 계속될지도 모를 과오라 해도,

나는 그것조차 두렵지 않아.

_제임스 조이스,《젊은 예술가의 초상》

사랑이 주는 만족감을 아는 사람은

좀 더 따뜻하게 말하는 법이지요.

_ 나쓰메 소세키,《마음》

가장 큰 희극이 뭔지 알아?

네가 누군가를 사랑하게 되면

네가 사랑하는 그 사람이

너를 사랑하지 않을 수도 있다는 사실을

아무리 설득해도 믿을 수가 없다는 거지.

바로 그게 문제야, 창.

그렇지만 삶이란 얼마나 멋진가.

정말 멋져!

_이반 부닌,《창의 꿈》

현자는 모름지기 상용구를 많이 쓰고
(요즘 나는 '남이사'를 가장 애용하고 있다),
유행하는 형용사를 활용하며
('끝내주는'이나 '뻘쭘한' 같은 말),
그 상황에 꼭 들어맞는 표현을 골라서
('팔꿈치로 쿡 찌르다' 같은 말)
환담에 소탈한 광채를 더하고
깊이 생각할 필요가 없게 만든다.

_서머싯 몸,《케이크와 맥주》

"여기서는 어떤 길로 가야 하는지 알려주겠니?"

"그건 네가 어디로 가고 싶은가에 따라 크게 다르지."

고양이가 말했다.

"어디인지는 별로 상관없어."

앨리스가 말했다.

"그렇다면 어느 길로 가는지도 상관없겠네."

고양이가 말했다.

_루이스 캐럴,《이상한 나라의 앨리스》

마음의 깊은 아픔은 물론이고,

자신조차 잊게 할 듯한 아름다움을 만나보라.

그것이 예술이든 자연이든 상관없으며,

찰나라도 좋으니 반드시 아름다운 것을 보아두어야 한다.

이 인생에는 비애가 있을 수밖에 없으며,

비참함도 피할 수 없다.

그것들은 소나기처럼 다가왔다가 사라지지만,

그대가 본 아름다움은 오래도록

그대 마음속에 남아

결코 사라지지 않을 것이다.

_헤르만 헤세,《아름다운 것의 지속》

내 생각에는 강력한 힘이 있으니

지금 별이 하늘에서 떨어진 이유에 대해서

한마디로 설명하자면,

내가 원했기 때문입니다.

_요한 볼프강 폰 괴테,《생각의 힘》

어쩌면 세상은 그런 알 수 없는 것들로
이루어진 곳일지도 모르겠다.
우리 모두에게는 자신조차 모르는 너무나 많은 면이 있고,
당신의 눈에서조차 보이지 않는,
당신이 갖고 있는 그 작은 한 점에 누군가는
자신의 마음을 두고, 살고 싶어진다는 것.
모두 자신에게 기대고 있는 누군가의 마음을 잊지 않기를.

_레프 니콜라예비치 톨스토이, 《사람은 무엇으로 사는가》

그 일을 보면 세상이 얼마나 많이 변했는지 알 수 있었다.

요즘 사람들은 이런저런 개혁, 운동, 유행, 쇼핑,

각자의 취향 추구에 너무 바빠서

남의 일에 관심 가질 여유가 없었다.

모든 사람이 같은 차원에서

살아가는 이 거대한 만화경 속에서

어느 한 사람의 과거가 뭐 그리 중요하랴?

_ 이디스 워튼, 《순수의 시대》

멋진 밤이었다.

그렇게 멋진 밤은, 친애하는 독자여,

오직 젊은 시절에나 만날 수 있는 법이다.

수많은 별들이 하늘을 아름답게 수놓고

얼마나 찬란하게 빛나던지,

한번 쳐다보면 저도 모르게

스스로 이런 질문이 들 정도였다.

'이리도 아름다운 하늘 아래 살면서

어째서 사람들은 온갖 화를 내거나 변덕을 부리는 걸까?'

_표도르 도스토옙스키, 《백야》

오오, 인간이여!

고래를 찬양하고 고래를 본받을지어다!

그대도 얼음 사이에서 온기를 유지하라.

그대도 이 세상에 살되 그곳에 속하진 마라.

적도에서도 냉정을 유지하고,

극지에서도 계속 피가 흐르게 하라.

성 베드로 대성당의 거대한 돔처럼,

그리고 거대한 고래처럼,

오오, 인간이여!

그 어떤 계절에도 그대만의 체온을 유지하라.

_허먼 멜빌,《모비 딕》

한편으로는 밝고 세상을 향해 열린 면을 보이면서
다른 한편으로는 당신 혼자만 알고 있는
아주 어두운 면을 보이지요.
이 깊고 깊은 양면성,
이것이 바로 당신이라는 존재의 신비입니다.

_슈테판 츠바이크,《낯선 여인의 편지》

"다정한 마음보다 매력적인 것은 없어."

나중에 그녀는 혼잣말을 했다.

"어떤 것도 그에 비할 순 없는 거야.

정감 있고 솔직한 태도에서 우러나오는

따뜻하고 다정한 마음은

세상 어떤 똑똑한 머리보다

매력적일 거야.

분명 그럴 거야."

_제인 오스틴,《엠마》

여성이 자연스러운 문체로 칭찬받는 데에는

일기 쓰기라는 즐거운 습관이 큰 역할을 했다고 생각합니다.

여성들이 기분 좋은 편지를 쓰는 특별한 재능이 있다는 건

모두가 인정하는 바이지요.

물론 타고난 재능도 있겠지만,

저는 꾸준히 일기를 쓰는 습관 덕분이라고 봅니다.

_제인 오스틴,《노생거 사원》

정말 모르세요?

한 사람이 저지르는 실수에는 틀림없이 한계가 있을 거예요.

아, 그렇게 생각하면 마음이 놓여요.

_루시 모드 몽고메리,《빨간 머리 앤》

여행의 시학은 일상의 단조로움이나
일과 분노에서 벗어나 휴식하는 데에 있는 것이 아니다.
그것은 낯선 사람들과 함께하고,
새로운 풍경을 관찰하는 데에 있다.
호기심을 채우는 것만이 아니라
체험을 통해 더 풍요로워지고,
새롭게 얻은 것을 자연스럽게 삶에 녹여내며,
다양성 속에서 통일성을 발견하는 데에 있다.

_헤르만 헤세,《게으름의 기술》

이 세상에서 내가 유일하게 믿고 사랑하는 사람마저

날 이해하지 못하는구나 생각하니 씁쓸했지.

이해시킬 방법은 있지만

이해시킬 용기가 없다는 생각을 하면

더욱 슬퍼졌네.

_나쓰메 소세키,《마음》

"당신네 여자들은 이런 식으로 나오기 때문에
정말 당해낼 수가 없소.
처음에는 조리 있는 말로 우리가 반박할 틈도 없게 하고,
그다음엔 사랑스러운 말로 우리를 기꺼이 따르게 만들지요.
거기에 다정다감한 태도로 우리의 마음을
상하지 않게 하더니,
결국 예감 같은 것을 운운하며
우리를 숨 막히게 만들고 마는 거요."

_어니스트 헤밍웨이, 《선택적 친화력》

"사람들은 모두 별을 바라보지만, 다 같은 별이 아니야.
여행하는 사람에게는 별이 길잡이가 되어주고,
어떤 사람에게는 그저 작은 불빛에 지나지 않지.
학자들에게 별은 문젯거리야.
내가 만났던 사업가에게 별은 금이었고.
그러나 별들은 아무 말도 하지 않지.
아저씨는 누구도 갖지 못한 별을 갖게 될 거야…"
"그게 무슨 뜻이야?"
"아저씨가 밤에 하늘을 바라볼 때면
수많은 별들 중 어딘가에 내가 살고 있어.
그 별에서 난 웃고 있겠지.
아저씨는 웃을 줄 아는 별을 갖게 되는 거라고."

_ 앙투안 드 생텍쥐페리, 《어린 왕자》

"사막이 아름다운 건,

어딘가에 우물이 감춰져 있기 때문이야."

_앙투안 드 생텍쥐페리,《어린 왕자》

나는 이처럼 고요하고 어둡고 보슬비가 내리는 오후에
밖에 나가는 것을 좋아한다.
이런 날에 산책이나 여행을 하면 밝은 날에
하는 것보다 더 많은 암시와 유익함을 얻을 수 있다.
안개비로 시야가 좁아지고, 수면은 완벽하게 매끄러우며,
고요함은 성찰에 더없이 유리하다.
모든 것이 내 마음을 어루만져주는 듯하고,
구름과 안개가 나직이 나를 뒤덮는다.
나의 관찰과 사색의 힘이 훨씬 커지고
주의가 산만해지지도 않는다.
그리하여 세상과 내 삶이 단순해진다.

_ 헨리 데이비드 소로, 《1855. 11. 7, 일기》

남들이 부러워하는 성공을 거두어도 여전히 허무하고,

손톱만큼도 행복을 느끼지 못하는 이유는

그대가 자신의 영혼이 추구하는 길을

걸어오지 않았기 때문이다.

진실로 자신이 행복한지

그렇지 않은지를 결정하는 것은

그대의 머리가 아니라 그대의 영혼이니까.

_헤르만 헤세,《영혼에 대해》

그녀가 말을 이었다.

"당신은 낭만적인 나이 쉰 살이죠.

스물다섯 살은 너무 세속적이에요.

서른 살은 과로에 지치기 십상이고,

마흔 살은 시가 한 대를 다 피울 정도로 오래 이야기할 나이죠.

예순 살은, 음, 예순 살은 일흔 살에 너무 가까워요.

하지만 쉰 살은 달콤한 나이죠.

나는 쉰 살이 좋아요."

벤저민에게 쉰 살은 영광스러운 나이로 보였다.

그는 쉰 살이 되기를 갈망했다.

_프랜시스 스콧 피츠제럴드,《밴자민 버튼의 시간은 거꾸로 흐른다》

너는 아직 내게 수많은 다른 남자아이 중 한 명일 뿐이야.
나는 네가 없어도 괜찮고, 너 역시 내가 없어도 괜찮겠지.
지금의 나는 너에게 다른 많은 여우들과 다를 바 없는,
그저 한 마리의 여우일 뿐이니까.
하지만 네가 나를 길들이면 이야기가 달라져.
그때부터 우리는 서로에게 특별한 존재가 될 거야.
너는 내게 세상에서 단 하나뿐인 존재가 되고,
나 역시 너에게 세상에서 단 하나뿐인 존재가 되는 거지.

_앙투안 드 생텍쥐페리,《어린 왕자》

그것 봐, 언니,

우리가 사랑하는 것은,

대개의 경우,

남자가 아니고 사랑 그 자체야.

그날 밤에도, 언니의 진정한 연인은 달빛이었어!

_기 드 모파상,《달빛》

바다는 천천히 뱃전에 부딪치며 잔잔히 찰싹거렸다.

하늘에는 별이 가득했다.

메르소는 침묵 속에서,

눈물과 태양의 얼굴을 한 삶,

소금과 뜨거운 돌 속에 담긴

그 삶을 사랑하고 찬미하고자 하는

극한적이고 깊은 힘이 솟구쳐 오름을 느꼈다.

그러한 삶을 애무하듯 바라보며,

사랑과 절망의 모든 힘이 서로 어울려

하나로 합쳐질 듯한 순간을 경험했다.

그것이 바로 자신만의 비할 데 없는

가난이자 동시에 부유함이었다.

_알베르 카뮈,《행복한 죽음》

하지만 그때 우리는 결코 우리가

가난하다고 생각하지 않았다.

우리는 얼마 되지 않는 돈으로도

잘 먹고 술도 잘 마셨으며,

잠도 잘 자고 함께 있어 따뜻했고

서로를 사랑했다.

_어니스트 헤밍웨이,《내가 사랑한 파리》

나는 선 채로 울었다.

험악한 흥분이 눈물로,

아주 기분 좋게 녹아 없어져버린다.

졌다.

이건, 좋은 일이다.

그렇게 되어야만 한다.

그들의 승리는,

또한 내일을 위한 나의 출발에도,

빛을 비춘다.

_다자이 오사무,《달려라 메로스》

사람이 살아가면서 겪게 되는 어려움 중 하나는
한때 친밀하게 지냈으나 시간이 흐르며
흥미를 잃어버린 사람들을 응대하는 일이다.
양측 모두 평범한 처지에 머물러 있다면
인연이 자연스럽게 끊어지고,
그로 인해 악감정이 생기지 않는다.
하지만 한쪽이 대단한 지위나
성취를 이룬 경우에는
어색한 상황이 펼쳐지게 된다.

_서머싯 몸,《케이크와 맥주》

"가급적 당신의 인생을 지켜야 합니다.
일부분을 잃었다고 해서 전체까지 잃어선 안 됩니다.
겉으로 드러난 상황이나 세상 사람들이 하는 말,
그리고 세상의 형편없고 우둔한 짓거리에 신경 쓰는 것은
결국 당신 자신을 모독하는 일입니다."

_헨리 제임스,《여인의 초상》

내 조가비 같은 집에는

속을 완전히 터놓을 수 있는 친구들만 초대한다.

인간관계에서 위선을 떨쳐내는 것이다.

얼마나 마음 편한 일인가!

살면서 겪어 보니 위선 떠는 행동만큼이나 피곤한 것도 없다.

사회생활 대부분이 그토록 피로한 것도 같은 이유 때문이다.

사람들은 저마다 가면을 쓰고 살아간다.

여기서 나는 내 가면을 벗어던졌다.

_앤 머로 린드버그,《바다의 선물》

내가 진정으로 소유할 수 있는 건

내 영혼으로부터 멈추지 않고 흘러나오는

'생각'이라는 사실을 잘 알고 있습니다.

모든 귀한 것이 다 녹아 있는 '지금 이 순간'에

최선을 다하는 한 운명은 내게 언제나 호의적입니다.

_요한 볼프강 폰 괴테, 《소유할 수 있는 것》

이른바 인생이라고 하는

이 기괴하고 복잡다단한 일들을 겪어나가다 보면,

우주 전체가 하나의 거대하고 짓궂은 농담처럼 느껴지는

어떤 기이한 순간들이 찾아온다.

_허먼 멜빌,《모비 딕》

"종종 같은 뜻으로 여겨지지만,

허영심과 오만은 서로 달라.

허영심이 없는 사람도 얼마든지 오만할 수 있어.

오만은 우리 스스로 우리를 어떻게 생각하느냐와

더 관련이 있고,

허영은 다른 사람들이 우리를 어떻게 생각해주었으면

하는 것과 더 관계되거든."

_제인 오스틴,《오만과 편견》

앞일을 생각하는 건 즐거운 일이에요.

이루어질 수 없을지는 몰라도

미리 생각해보는 건 자유거든요.

린드 아주머니는

'아무것도 기대하지 않는 사람은

아무런 실망도 하지 않으니 다행이지'라고 말씀하셨어요.

하지만 저는 실망하는 것보다

아무것도 기대하지 않는 게 더 나쁘다고 생각해요.

_루시 모드 몽고메리,《빨간 머리 앤》

불행해지는 비결은 자신이 행복한지 아닌지를

고민할 여유를 가지는 것이다.

이를 치유하려면 일을 해야 한다.

일을 한다는 것은 무언가에 몰두함을 의미한다.

몰두하는 사람은

행복하지도 불행하지도 않으며,

그저 활기차게 살아갈 뿐이다.

그리고 그런 상태는 지겨워지기 전까지

어떤 행복보다도 더 큰 즐거움을 준다.

_버나드 쇼,《부적절한 결혼》

친구란 무엇보다도 평가하지 않는 사람이다.
방랑자에게 대문을 열어주고,
그의 목발과 지팡이를 한쪽에 놓아주며,
그를 평가하기 위해 춤을 춰보라고 하지 않는 사람이다.
방랑자가 길 위에 활짝 핀 봄을 이야기하면,
자신 안에 봄을 받아들이는 사람이다.
또 그가 자신이 떠나온 마을을 덮친
기근의 끔찍함을 이야기하면,
그와 함께 기근에 고통스러워하는 사람이다.
왜냐하면 내가 당신에게 말했듯이
인간에게 있어 친구란 당신을 위해 마련된 것이며,
다른 곳에서는 절대 열리지 않는 문이
당신만을 위해 열리는 것이기 때문이다.

_앙투안 드 생텍쥐페리,《성채》

나는 수많은 밝은 날들이 지나간 뒤에 찾아오는,
이처럼 수수하고 사색에 잠기기 좋은
구름 낀 오후를 몹시 사랑한다.
생각에 집중하게 해주고,
지상을 더 천국같이 만들어줄 수 있다면
구름이 하늘을 가린다 한들 무슨 상관이겠는가!

_헨리 데이비드 소로,《1851. 10. 12, 일기》

나는 지금 그저 휴식을 원할 뿐이다.

이렇게 졸려서는 사랑도 할 수 없다.

느릿느릿 아이들이 있는 이불자락으로 돌아 들어가

기분 좋게 잔다….

_나쓰메 소세키,《나는 고양이로소이다》

"나는 늦게까지 카페에 남고 싶어."

나이 많은 웨이터가 말했다.

"잠들고 싶어 하지 않는 모든 사람들과 함께.

밤에 불빛이 필요한 모든 사람들과 함께 말이야."

"난 집에 가서 자고 싶어요."

"우리는 다른 종류의 인간이군."

나이 많은 웨이터가 말했다.

그는 이제 옷을 갈아입고 집으로 돌아갈 준비를 하고 있었다.

"젊음도 자신감도 아주 아름다운 것이긴 하지만

그것들만의 문제는 아니야.

매일 밤 가게를 닫을 때마다 어쩐지 망설이게 돼.

카페가 필요한 누군가가 있을지 모른다고 생각하면 말이지."

_어니스트 헤밍웨이,《깨끗하고 밝은 곳》

불쑥 레슬리가 물었다.

"그런데 외롭진 않은가요? 혼자 있을 때도… 절대로?"

"아뇨. 외롭다고 느낀 적은 평생 한 번도 없는 것 같아요.

혼자 있을 때에도 정말 좋은 벗이 있거든요.

꿈, 상상, 역할놀이….

때로는 혼자 있는 시간이 참 좋답니다.

이런저런 생각을 떠올리고 음미하기 딱 좋거든요."

"어머니는 꿈을 꾸기엔 내가 너무 늙었다고 하세요.

셜리 양 생각에도 그런가요?"

"꿈꾸기에 늙은 나이 같은 건 없어요.

그리고 꿈은 결코 늙지 않아요."

_루시 모드 몽고메리,《빨간 머리 앤》

한 사람 한 사람의 삶은 자기 자신을 향해 가는 길이고,
그런 길을 가려는 시도이며, 좁은 길의 암시다.
일찍이 완전히 자기 자신이 되어본 사람은 아무도 없었다.
그럼에도 누구나 자기 자신이 되려고 노력한다.

_헤르만 헤세,《데미안》

다른 사람과 이야기를 하고 있으면
인간의 껍데기와 이야기하는 듯해
답답해서 견딜 수 없었다.
그렇지만 자기 자신을 돌아다보면,
자기야말로 그 누구보다도
상대방을 답답하게 만드는 사람이었다.

_나쓰메 소세키,《그 후》

타인의 말을 있는 그대로 이해하는 것은 생각보다 어렵다.
대부분 자신의 바람이나 상대에 대한 감정이
개입되어 듣고 싶은 대로 곡해하기 쉽다.
그러나 이런 오해에 매번 신경 쓰고 불편해한다면,
대화를 즐기는 일은 점점 멀어지고 결국 외로움만 남게 된다.
그렇다면 차라리 약간의 오해가 있더라도
대화가 이어지는 관계가 더 나은 선택이 아닐까.

_어니스트 헤밍웨이, 《IV 인간관계에 대하여》

행복과 고통은 우리의 삶을 함께 지탱해주는 것이며
우리 삶의 전체라고 할 수 있다.
고통을 잘 이겨내는 방법을 아는 것은
인생의 절반 이상을 산 것이라는 말과 같다.
고통을 통해 힘이 솟구치며 고통이 있어야 건강도 있다.
가벼운 감기로 인해 어느 날 갑자기 푹 쓰러지는 사람은
언제나 '건강하기만' 한 사람들이며
고통받는 것을 배우지 못한 사람들이다.
고통은 사람을 부드럽게도 만들고,
강철처럼 단단하게도 만들어준다.

_헤르만 헤세,《삶을 견디는 기쁨》

엮은이 김유안

책이 주는 지식과 정보를 예찬하던 실용주의 독서가이자 뜻하지 않게 세계 고전 문학 시리즈를 만들며 뒤늦게 고전의 매력에 빠진 편집자. 그 어떤 지식보다 고전 문학이 지닌 놀라운 힘에 감탄하며, 요즘은 생텍쥐페리에 푹 빠져 있다. 문학이야말로 타인의 삶을 경험하게 해주는 가장 강력한 통로이자, 이 시대 인류의 멸종을 막을 마지막 희망이라 믿는다.

고전의 속삭임

삶을 눈부시게 할 필사의 시간

초판 1쇄 2025년 5월 20일

엮은이 김유안
펴낸이 이나영
디자인 김정연
펴낸곳 북포레스트
등록 제406-2018-000143호
주소 경기도 파주시 회동길 480, B동 438호
전화 031-948-5640
메일 bookforest_@naver.com
인스타그램 @_bookforest_

ISBN 979-11-92025-22-3 03800